我是小巴

蕾貝卡・克瑞恩／文圖　　盧怡君／譯

三民書局

獻給我的爸爸和媽媽

- RC

♥IREAD

我是小巴

文　　圖	蕾貝卡・克瑞恩
譯　　者	盧怡君
責任編輯	徐子茹

發 行 人	劉振強
出 版 者	三民書局股份有限公司
地　　址	臺北市復興北路 386 號 (復北門市)
	臺北市重慶南路一段 61 號 (重南門市)
電　　話	(02)25006600
網　　址	三民網路書店 https://www.sanmin.com.tw

出版日期	初版一刷 2020 年 11 月
書籍編號	S859311
I S B N	978-957-14-6903-4

Barkley
Copyright © 2020 Rebecca Crane
Published by arrangement with Walker Books Limited,
London SE11 5HJ through Bardon-Chinese Media Agency
Traditional Chinese translation rights © 2020 San Min Book Co., Ltd.
ALL RIGHTS RESERVED

我叫小巴，
我是一隻狗。

我ㄨㄛˇ是ㄕˋ一ㄧ隻ㄓ很ㄏㄣˇ大ㄉㄚˋ的ㄉㄜ狗ㄍㄡˇ！

好吧，其實我沒有那麼大。

我ㄨㄛˇ是ㄕˋ一ㄧ隻ㄓ毛ㄇㄠˊ很ㄏㄣˇ蓬ㄆㄥˊ鬆ㄙㄨㄥ的ㄉㄜ狗ㄍㄡˇ！

也_{ㄧㄝˇ}沒_{ㄇㄟˊ}那_{ㄋㄚˋ}麼_{ㄇㄜ}蓬_{ㄆㄥˊ}鬆_{ㄙㄨㄥ}啦_{ㄌㄚˇ}。

我ㄨㄛˇ是ㄕˋ一ㄧ一ㄧ隻ㄓ很ㄏㄣˇ長ㄔㄤˊ的ㄉㄜ˙狗ㄍㄡˇ！

呃ㄜˋ，其ㄑㄧˊ實ㄕˊ也ㄧㄝˇ還ㄏㄞˊ好ㄏㄠˇ。

我ㄨㄛˇ是ㄕˋ一ㄧˋ隻ㄓ 華ㄏㄨㄚˊ麗ㄌㄧˋ 的ㄉㄜ˙狗ㄍㄡˇ。

我ㄨㄛˇ是ㄕˋ一ㄧˋ隻ㄓ 兇ㄒㄩㄥ猛ㄇㄥˇ 的ㄉㄜ˙狗ㄍㄡˇ。

我ㄨㄛˇ是ㄕˋ一ㄧˋ隻ㄓ 跑ㄆㄠˇ得ㄉㄜ˙很ㄏㄣˇ快ㄎㄨㄞˋ 的ㄉㄜ˙狗ㄍㄡˇ。

我ㄨㄛˇ到ㄉㄠˋ底ㄉㄧˇ是ㄕˋ一ㄧˋ隻ㄓ
什ㄕˊ麼ㄇㄜ樣ㄧㄤˋ的ㄉㄜ狗ㄍㄡˇ？

也ㄝˇ許ㄒㄩˇ，我ㄨㄛˇ是ㄕˋ一ㄧˋ隻ㄓ什ㄕㄣˊ麼ㄇㄜ˙都ㄉㄡ不ㄅㄨˋ是ㄕˋ的ㄉㄜ˙狗ㄍㄡˇ。

等等ㄉㄥˇ ㄉㄥˇ！
小ㄒㄧㄠˇ巴ㄅㄚ，
快ㄎㄨㄞˋ回ㄏㄨㄟˊ來ㄌㄞˊ！

等一下，
麥斯在哪裡？

我ㄨㄛˇ又ㄧㄡˋ在ㄗㄞˋ哪ㄋㄚˇ裡ㄌㄧˇ？

我ㄨㄛˇ是ㄕˋ一ㄧ隻ㄓ很ㄏㄣˇ冷ㄌㄥˇ的ㄉㄜ狗ㄍㄡˇ。

我ㄨㄛˇ是ㄕˋ一ㄧ隻ㄓ很ㄏㄣˇ累ㄌㄟˋ的ㄉㄜ狗ㄍㄡˇ。

我ㄨㄛˇ是ㄕˋ一ㄧ隻ㄓ
溼ㄕ答ㄉㄚ答ㄉㄚ的ㄉㄜ狗ㄍㄡˇ。

我是一隻迷了路，
回不了家的狗。

這是什麼？

是我耶！

尋狗啟事

尋找一隻黑白相間
的小狗。他是我
最好的朋友。
小巴，拜託快回家！

我一定要找到麥斯！

尋狗啟事

尋找一隻黑白相間
的小狗。他是我
最好的朋友。
小巴，拜託快回家！

請問你們有看過我的朋友嗎？

現在我非常清楚
自己是一隻
什麼樣的狗。

我是一隻小狗，

一隻
黑白相間
的狗，

也是一隻可以和你
成為最好朋友
的狗！

所以我是……

一隻非常、非常
快樂的狗！